Diogenes Taschenbuch 24223

Moment!

*Die allerschnellsten
Geschichten der Welt*

*Eingefangen von
Daniel Kampa*

Diogenes

Nachweis am Schluss des Bandes
Umschlagillustration von Tomi Ungerer
Einige Texte sind in alter Rechtschreibung
belassen, teils bei Klassikern, in einigen
Fällen aber auch auf expliziten Wunsch
der Rechteinhaber

Originalausgabe

Alle Rechte an dieser Ausgabe vorbehalten
Copyright © 2012
Diogenes Verlag AG Zürich
www.diogenes.ch
200/12/52/1
ISBN 978 3 257 24223 2

Anstelle
eines Vorworts

Ich würde gern eine Sammlung von
Kürzestgeschichten herausgeben,
von Erzählungen, die nur aus einem
einzigen Satz bestehen oder gar, wenn das
möglich ist, nur aus einer einzigen Zeile.

Italo Calvino
Sechs Vorschläge für das
nächste Jahrtausend, 1991

Im Anfang war das Wort. Dann wurde das Wort unverständlich.

Ennio Flaiano

Apfel?«
»Nein.«
»Probier ein Stück!«
»ADAM?«
O Gott.

David Lodge

Von den Bäumen herabgestiegen, suchten sie in Höhlen Zuflucht und lernten Feuer zu machen. Es wärmte, eignete sich zum Kochen und brachte ein wenig Licht in die Dunkelheit nach Sonnenuntergang. Als Nächstes lernten sie aus gegorenen Früchten und Beeren Alkohol zu gewinnen, der die Dunkelheit, die sich schrecklich lang hinzog, erträglicher machte. So begann ihre Zivilisation: indem sie ihre Sinne betäubten und damit Einfluss auf ihre Wirklichkeit nahmen.

Martin Walker

Den ersten Menschen, die aufrecht gingen, wird wegen offenbaren Dopings der Titel aberkannt. Gold geht an die Kriecher.

Michael Augustin
Revision

Die Dämmerung senkte sich über
die neu erschaffene Welt, und es begann
die erste Nacht.
Mit Siegermiene, sichtlich mit sich
zufrieden, mit einem Ständer, ausgebreiteten
Armen kam Adam zu Eva und griff
nach den schönen Brüsten seiner Gefährtin.
Die leise zurückschrak.
Schade, sagte sie, du bist so gar nicht
mein Typ.

Jacques Sternberg
Der Uranfang

Und nachdem sie all das, was sie machen, gemacht haben, stehen sie auf, baden sich, pudern sich, parfümieren sich, kämmen sich, ziehen sich an und werden nach und nach wieder das, was sie nicht sind.

Julio Cortázar
Liebe 77

Sie haben sich verlassen, gestritten, gelangweilt, geliebt, getroffen und jetzt kennen sie sich nicht mehr.

Roland Topor
Eine verkehrte Liebesgeschichte

Es gibt eine Frau. Ihr geht es mit mir wie mir mit ihr, sie hasst mich, liebt mich. Wenn sie mich hasst, liebe ich sie, wenn sie mich liebt, hasse ich sie. Einen anderen Fall gibt es nicht.

Péter Esterházy
Eine Frau

Ich kann nicht einschlafen. Da ist eine Frau zwischen meinen Lidern. Wenn ich nur könnte, würde ich ihr sagen, sie soll gehen; aber da ist eine Frau in meiner Kehle.

Eduardo Galeano
Die Nacht

Aus unserer Wohnung habe ich ein Museum gemacht und heiße Besucher willkommen, die zierlichen Schuhe zu bewundern, die sie zurückgelassen hat, oder das Band, mit dem sie ihr Haar aus dem Gesicht hielt und das ich so oft geküsst habe. Es gibt Vitrinen voller Fotografien und Briefe von ihr, und an der Wand hängt eine gerahmte Geburtstagskarte mit drei dicken Küssen, die sie mit ihrem Silberstift daraufgemalt hat. Niemand kommt je hierher, aber ich bin jeden Tag da und versuche, mir den Kopf so frei wie möglich zu halten, denn ich möchte keine der Hirnzellen verlieren, die diese kostbaren Erinnerungen bergen.

Dan Rhodes
Museum

Immer wenn er den Mond sah, musste er an sie denken. Er konnte sich nicht erinnern, wie lange schon er das Haus nur noch bei Neumond verließ.

Petra Hartlieb

Du bist wirklich ein toller Typ«, sagte Sylvia in der ersten Woche.
»Weißt du was?«, sagte sie in der zweiten Woche. »Ich verstehe meine Freundin Laura nicht; versteh' ehrlich nicht, dass sie einen so tollen Typen wie dich sitzen lässt.«
Anfangs der dritten Woche sagte sie:
»Also ehrlich, um einen wie dich sitzen zu lassen, da müsste die ja jemand total Außergewöhnlichen kennengelernt haben.«
Von da an bis zum Ende unserer Reise war sie von einer seltsamen Melancholie umfangen.

Jean-Jacques Sempé

Er nicht, sie schon. Großer Fehler.

A. L. Kennedy

Ein Kurzsichtiger macht eine Liebes-
erklärung; vorher aber sagte er:
Ehe ich anfange, geben Sie mir Ihr Wort,
dass Sie die und die wirklich sind.

Friedrich Hebbel

Ein Falter hatte einer Eintagsfliege einen Heiratsantrag gemacht. »Ich will es mir überlegen«, sagte die nach einigem Zögern; »gewähren Sie mir bitte drei Tage Bedenkzeit.«

Wolfdietrich Schnurre
Die Dauer des Glücks

Die erste Liebe: eine Javanerin –
seitdem liest er noch heute die javanischen
Zuckerkurse.

Kurt Tucholsky
Erste Liebe

Kann es denn sein, dass Sie mich lieben?,
fragte er.
Vor der Antwort zögerte sie.
Sie heiratete einen anderen, bekam ein
Kind, wurde enttäuscht und geschieden.
Worauf sie sich ihm zuwandte.
Ja, antwortete sie, warum?

Jacques Sternberg
Annäherung

Er machte sie glücklich und nahm ihr damit das einzige, wozu sie Talent hatte.

Connie Palmen

Irgendetwas macht mich ratlos hinsichtlich der Zuverlässigkeit von Sprache. Als ich Nancy kennengelernt hatte, sagte ich mir immer wieder ganz hingerissen: »Wie hätte ich mir je im Leben vorstellen können, dass solch ein Wesen existiert?« Und als sie mir davonlief, mich buchstäblich von einem Tag zum anderen sitzen ließ, da musste ich zu meinem Erstaunen feststellen, dass ich genau dasselbe wieder sagte: »Wie hätte ich mir je im Leben vorstellen können, dass solch ein Wesen existiert?«

Jean-Jacques Sempé

N. erfährt, dass seine Frau ihn betrogen hat. Ist empört, gekränkt, zögert jedoch, schweigt. Schweigt, und es endet damit, dass er sich von dem Liebhaber Geld leiht und sich weiterhin für einen ehrbaren Menschen hält.

Anton Čechov

Der Italiener klemmte die blonden Haare seiner Frau in die Kommode, damit sie nicht einmal ans Fenster gehen konnte.

Kurt Tucholsky

Ich bin mir beinahe todsicher, dass an diesem Gerede über Paul und Lydia nichts dran ist«, sagte Geneviève. »Aber eines, mein kleiner Gilbert, will ich Ihnen auch gesagt haben: Entweder Sie finden sich mit dem Gerede über Paul und Lydia ab (einem Gerede, an dem – ich wiederhole es – meiner Meinung nach nicht das Geringste dran ist), oder aber Sie trennen sich von Lydia.«

Jean-Jacques Sempé

Der Herzog von York, ein Bruder George III., kam mit seiner Yacht nach Monaco und wurde dort schwer krank. Er bat den regierenden Fürsten, ihn aufzunehmen, und der Fürst kam diesem Ersuchen nach, lehnte jedoch ab, auch die Geliebte aufzunehmen, die der Herzog auf seiner Yacht mitgebracht hatte. Sie bezog ein Haus in Roquebrune und ging jeden Tag zu der Stelle hinaus, von wo aus sie sehen konnte, ob die Fahne noch über dem Palast wehte. Eines Tages sah sie die Fahne auf Halbmast und wusste, dass ihr Geliebter gestorben war. Sie stürzte sich ins Meer.

W. Somerset Maugham

Ein Spanner sitzt in einem Baum und schaut sehr angeregt in ein schwach beleuchtetes Fenster. Plötzlich erscheint ein nackter Mann am Fenster und sieht den Spanner.

Nackter Mann: »Ich bringe dich um, du Schwein.«

Spanner: »Sie waren einsame Spitze.«

Nackter Mann: »Ehrlich? So was sagt sie mir nie.«

F. K. Waechter
Der Spanner

Das Paar tritt jede Nacht im Varieté auf
und spricht neun Minuten miteinander.

Aglaja Veteranyi
Die Attraktion

Ein Ehepaar, das sich nach vierundfünfzig Jahren Ehe und drei Kindern einvernehmlich scheiden ließ, gab vor dem Richter als Begründung an, sie hätten herausgefunden, dass sie nicht zueinander passen.

Jakob Arjouni
Scheidungsgrund

Die Beerdigung folgte auf die
Flitterwochen. Er war 90.

Graham Swift

Zwei Frauen im Himmel beanspruchten
einen Mann; er war gerade neu angekommen.
»Ich war seine Frau«, sagte die eine.
»Ich seine Geliebte«, sagte die andere.
Daraufhin sagte Petrus zu dem Mann:
»Geh hinunter zu jenem anderen Ort –
du hast genug gelitten.«

Ambrose Bierce
Sühne

Eine Frau verliebte sich in einen Mann,
der schon seit einigen Jahren tot war.
Es reichte ihr nicht, seine Sakkos auszu-
bürsten, sein Tintenfass abzustauben,
seinen elfenbeinenen Kamm in die Hand
zu nehmen: Sie musste über seinem Grab
ein Haus bauen und Nacht für Nacht
bei ihm im dunklen Keller sitzen.

Lydia Davis
Liebe

Ihre sagenhaften Missverständnisse und gegenseitigen Übelnehmereien hatten immer mehr zugenommen, in wahrhafte Panik aber verfiel die Welt der Männer, als diese erfuhren, dass die Frauen die Atombombe hatten.

Jacques Sternberg
Die Entzweiung

Das Leben anderer betrachtete er stets als traurig. Hochmut oder Dummheit – selbst wenn er an kalten Winterabenden durch fremde Fenster in behaglich beleuchtete Zimmer blickte, taten ihm ihre Bewohner unendlich leid.

Petra Hartlieb

Karl Kasimir Karnickel geht fischen.
Er hat keine Erlaubnis. Wen kümmert's?
Im See sind keine Fische.

Tomi Ungerer

Er hatte ein so schlechtes Gedächtnis,
dass er vergaß, dass er ein schlechtes
Gedächtnis hatte, und anfing, alles zu
behalten.

Ramón Gómez de la Serna

Geschichte eines Mannes, der, weil er todkrank ist, die Wahrheit zu sagen beginnt – welch Entsetzen, als man ihn kuriert und er mit seiner Gesundung und den Folgen seiner Offenheit rechnen muss.

Günter Kunert
Einfall zu einer Geschichte

Nach einem langen und harten Arbeitstag im Büro stellte Lilly fest, dass auf ihren Schulterblättern kleine Flügel gewachsen waren: schmutzig rosafarbene, verletzlich wirkende Hautgebilde, die wie Gelsenstiche juckten und sich von ihr mit einiger Willensanstrengung sogar ein wenig hin und her bewegen ließen. Vor lauter Angst schnitt Lilly die Flügel mit einer Schere ab und spülte sie im Klo hinunter. Sie überlegte, ob sie vielleicht nachwachsen würden, aber diese Sorge erwies sich als unbegründet. Die Flügel kamen nie mehr wieder, egal wie lang und hart Lillys Arbeitstage auch waren, bis ans Ende ihres kurzen Lebens.

Clemens J. Setz
Eine sehr kurze Geschichte

Jetzt hast du, was du wolltest: mich.
Und morgen reiß ich dir die Flügel aus.

Alfred Komarek

Das sind die Wechseljahre, meinte der Mann, als auf den Schultern seiner Frau ein paar Federn wuchsen. Dir werde ich zeigen, was man unter Wechsel versteht, krächzte sie und flog zum Jahreswechsel mit seinen Wertpapieren davon.

Ingrid Noll

Am Ende der Hauptstraße wohnte der ehemalige Universitätsprofessor, dem die Frau weggelaufen war, den seine vier Kinder hassten, der sein Geld bei Spekulationen verloren hatte, der seine Hunde schlug, seinen Garten verkommen ließ und meistens ungewaschen stank. Zu ihm gingen die Dorfbewohner, wenn sie einen Rat brauchten.

Jakob Arjouni
Rat

Drei Tage lang ist ein Mann im Einkaufs-
zentrum von Utrecht auf der Suche nach
dem Ausgang umhergeirrt. Er hatte im
vorösterlichen Gedränge die Orientierung
verloren. Nach seiner Rettung erklärte
der Mann, er habe es nicht gewagt, nach
dem Ausgang zu fragen.

Ror Wolf

Jeden Tag, ob Sonne, Regen oder Wind, geht er zum Strand hinunter, sitzt auf einem Fels, liest oder träumt. Er hat keine Freunde, hat keine Feinde. Er lebt in Frieden. Keiner kennt ihn. Nicht einmal seinen Namen.

Tomi Ungerer

Herr K. wartete auf etwas einen Tag,
dann eine Woche, dann noch einen Monat.
Am Schluß sagte er: »Einen Monat hätte
ich ganz gut warten können, aber nicht
diesen Tag und diese Woche.«

Bertolt Brecht
Warten

Einer geht ins Wirtshaus, um etwas zu essen, vertieft sich in die Zeitung, ruft nach zwei Stunden den Kellner, fragt, was er schuldig ist und rechnet alles, was er essen wollte, auf, als ob er's gegessen hätte.

Friedrich Hebbel
Mahlzeit

Jeden Morgen läuft Herr Knolle Spross
zum Bahnhof und jeden Morgen versäumt
er den Zug. In sieben Jahren hat er es noch
kein einziges Mal geschafft, seinen Zug
zu erwischen. »Auf der Bahnhofsuhr ist es
immer fünf Minuten später als auf meiner«,
jammert er. »Aber wenigstens muss ich
auf diese Weise nicht arbeiten gehen!«

Tomi Ungerer
Herr Knolle Spross

Heute war wieder ein guter Tag.
Um null Uhr präzise hat er begonnen,
genau am Mittag war er halb vergangen,
und pünktlich zu Mitternacht hat er
aufgehört. So viel Zuverlässigkeit ist schon
ein Luxus in diesen schlampigen Tagen.

Guy Rewenig
Man wird bescheiden

Als er aufwachte, war der Dinosaurier immer noch da.

Augusto Monterroso
Der Dinosaurier

An diesem Morgen betrachtete ich dich, wie du schlafend im Bett lagst. Ich streichelte deinen Fuß und traute mich nicht, dich zu wecken. Hätte mir damals jemand gesagt, dass ich wenige Stunden später dein Mörder werden würde, ich hätte ihm nicht geglaubt.

Benedict Wells

Eines Morgens grüßte Herr Winkelmann seine Kollegin nicht mehr zurück. Na, wenn schon, dachte sie, vielleicht sollte ich ihn doch nicht heiraten.

Ingrid Noll

Ich erwachte mit der Lust, einen Apfel zu essen. Er lag auf dem Nachttisch. Ich nahm ihn in die Hand. Umfaßte und fühlte ihn ganz. Dann schlief ich wieder ein, und ohne den Apfel zu essen. Und ich wußte plötzlich im Schlaf, daß eine dicke Made den Apfel durchkriecht. Als ich am Morgen den Apfel aß, fand ich tatsächlich die Made.

Wolfgang Koeppen
Der Apfel

Er beschloss, sein Leben zu ändern,
die Morgenstunden zu nutzen. Er stand um
sechs Uhr auf, duschte sich, rasierte sich,
zog sich an, frühstückte mit Genuss,
rauchte ein paar Zigaretten, setzte sich an
den Schreibtisch und erwachte am Mittag.

Ennio Flaiano

Langer Heimweg von der Schule.
Durch den Wald, dann Wiese, wieder Wald.
Endlos und bergauf. Ach, wenn doch mal
jemand sie überfiele!

Otto Jägersberg
Annemarie

Er erledigte eine Mücke auf dem Papier und beseitigte die Leiche mit dem Radiergummi.

F. Scott Fitzgerald

Während das Schiff sinkt, wird Brioche umgebracht. Der Kommissar an Bord ermittelt zügig.

Roland Topor

Töte mich, sagte sie. Und er tötete sie.
Und als sie endlich tot war, sagte sie noch,
mach weiter.

Wolf Wondratschek
Kurzgeschichte

Ein Mensch jagte einem andern nach,
als derjenige, der gefragt wurde, seinerseits
einem dritten nachjagte, der, da er die
Verfolgungsjagd in seinem Rücken nicht
spürte, einfach mit schnellem Schritt ging.

Daniil Charms

Ich habe ihn im Traum getötet, und dann konnte ich nichts tun, bis ich ihn wirklich um die Ecke gebracht habe. Dagegen war kein Kraut gewachsen.

Max Aub

Reg dich doch nicht auf. Von all meinen ausgestopften Kreaturen, mein Schatz, wirst du mir die liebste sein.

Anna Stothard

Seine Methode war immer dieselbe:
Er strangulierte seine Opfer von hinten,
während sie am Compu–

Joey Goebel

Heute bin ich gut drauf, ein richtiger
Balzac: Ich bringe diese Zeile zu Ende.

Augusto Monterroso

Ich kenne einen Mann, der einmal ein Riesenrad gestohlen hat.

Dashiell Hammett

Der Lebenslängliche, befragt, wie er das aushalte oder mache all diese Jahre im Gefängnis, antwortet: »Weißt du, ich sage mir immer, die Zeit, die ich hier verbringe, müsste ich draußen auch verbringen.«

Peter Bichsel
Zeit

Jeder sein eigener Spitzel. Ein Mann entdeckt beim Studium seiner Akten, die die Geheimpolizei über ihn angelegt hat, dass er selber sein eigener Beobachter gewesen ist und alles über sich gemeldet hat: Der Gipfelpunkt der Überwachung besteht in der Kontrolle jedes einzelnen durch sich selbst. Eine »fantastische« Geschichte, die morgen trübe Realität sein dürfte.

Günter Kunert

Vater, sagte der Sohn, es ist dunkel, ich fürchte mich. Und der Vater knipste das Licht an. Sohn, sagte der Vater, um mich wird's dunkel, fürchte ich. Verdammt. Wo ist der Schalter?

Alfred Komarek

Was wünschen Sie zum Abendbrot?«, fragte der Gefängnisdirektor den armen Sünder, der morgen früh am Galgen sterben sollte. »Sie dürfen essen und trinken, was und wie viel Sie wollen.« »Schade!«, sagte der Delinquent. »Schade!! Wenn Sie mich das drei Monate früher gefragt hätten, wär' der ganze Raubmord nicht passiert.«

Alfred Polgar
Soziale Unordnung

Ein Kapuziner begleitete einen Schwaben bei sehr regnichtem Wetter zum Galgen. Der Verurteilte klagte unterwegs mehrmal zu Gott, dass er, bei so schlechtem und unfreundlichem Wetter, einen so sauren Gang tun müsse. Der Kapuziner wollte ihn christlich trösten und sagte: Du Lump, was klagst du viel, du brauchst doch bloß hinzugehen, ich aber muss, bei diesem Wetter, wieder zurück, denselben Weg. – Wer es empfunden hat, wie öde einem, auch selbst an einem schönen Tage, der Rückweg vom Richtplatz wird, der wird den Ausspruch des Kapuziners nicht so dumm finden.

Heinrich von Kleist

Notarzt.«
»…«
»Ich höre.«
»…«
»Hallo?«
»…«
»Hal…«
».«
»Notarzt…«

Michel Faber

Ich konnte auf meinem Anrufbeantworter
die Ansagen wechseln wie die Hemden, ich
dachte mir immer freundlichere aus, immer
fröhlichere, wirklich wahnsinnig komische –
von ihr kam nie mehr eine Nachricht.

Jean-Jacques Sempé

Hallo?«
»Schnuckelmaus.«
»Douglas?! Ich bin … verheiratet.«
[click]

Miranda July
Zu spät

Als das Telefon nicht klingelte, wusste ich, dass du es warst.

Dorothy Parker
Ein Telefonanruf

Der Einzige, der hier gut aufgelegt war, war der Telefonhörer. Dann klingelte es.

Otto Jägersberg
Büro

Die gesammelten Liebesbriefe veröffentlichen, die ich mir selbst geschrieben habe.

Roland Topor

Er war bei einer Literaturzeitung angestellt, um Artikel und Erzählungen zu lesen. Einmal erhielt er einen Liebesbrief: Er gefiel ihm nicht, doch mit ein paar Streichungen und wenn man den Schluss neu schrieb, mochte es angehen.

Ennio Flaiano

Eine Ameise schleppt mit Mühe ein
Blatt von weither zu ihrem Ameisenhaufen.
Wie sinnlos, denkst du, direkt beim
Ameisenhaufen ist der Boden doch voll
von solchen Blättern.
Was du nicht weißt: Dieses Blatt ist ein
Liebesbrief, den die Ameise einer anderen
bringt, und würde sie einfach neben dem
Haufen ein Blatt auflesen, wäre es kein
Liebesbrief, denn die wirkliche Liebe kommt
von weither.

Franz Hohler
Das Blatt

Ein Mann von sechzig Jahren ordnet Liebesbriefe. Er wohnt noch immer in einem möblierten Zimmer.

Robert Musil

Als man ihn zum König von Europa gekrönt hatte, schaffte er als erstes den tristen Februar ab. Bei einem Attentat, das eigentlich ihm galt, wurde versehentlich Prinz Karneval getötet, weil seine Narrenkappe einer Krone etwas ähnlich sah.

Ingrid Noll

i. Der Schwarzafrikaner hob das Bügeleisen hoch, das er aus dem Müll gefischt hatte, wie einen Preis, den er gerade gewonnen hatte.

ii. Der Siebzigjährige folgte mit dem Blick dem Schwarzafrikaner, der sich vom Müll entfernte, dann zog er eine Schusswaffe aus seiner Jackentasche, presste sie an seine Schläfe und drückte ab.

iii. Das Rentnerpaar, das am nächsten Morgen auf der Bank saß, hatte von den Ereignissen des vorigen Tages keine Ahnung und starrte stillschweigend in die Leere.

Petros Markaris
Athen, Triptychon 2012

Im Jahr 2088 wurde in einem namhaften Auktionshaus ein als überaus seltenes Exemplar beschriebener Bosch-Kühlschrank der Baureihe 1985 von einer multinationalen Belgierin für 7 Millionen Dollar ersteigert. Zweifellos wird man ihn als ein Werk des genialen Hieronymus Bosch angesehen haben.

Jacques Sternberg
Versteigert

Sprecher: »Guten Abend, meine Damen und Herren. Washington. Die sensationelle Entführung des Präsidenten der Vereinigten Staaten und des sowjetischen Parteichefs, die sich beide zu einem Gedankenaustausch im Wochenendhaus des Präsidenten befanden, hat ihr Ende gefunden. Die beiden Spitzenpolitiker wurden auf freien Fuß gesetzt, nachdem man sich mit den Entführern über die Zahlung eines angemessenen Lösegeldes geeinigt hatte. Die Summe betrug umgerechnet 12 Mark 50.«

Loriot
Letzte Meldung

Sondermeldung: Jesus, Mohammed und Darwin lagen alle vollkommen falsch. Führende Genetiker bestätigen, dass die menschliche Rasse nur als Nahrungsquelle für eine hochentwickelte Alienspezies erschaffen wurde.

Anna Stothard

Mitten im Krieg pflegte ein Bauer
sein Feld. Ein feindlicher Flieger flog gerade
über das Tal. Er ließ, wie das die feind-
lichen Flieger so tun, eine Bombe fallen.
Ich mag keine Greuelgeschichten, und ich
hätte diesen Vorfall niemals erwähnt,
wenn er nicht ein unerwartetes Happy End
genommen hätte. Obwohl die Bombe den
harten Schädel des Bauern traf, detonierte
sie nicht. Sie grub sich unkrepiert tief in den
Acker ein.
Neben dem krepiertem Bauern.

Stanisław Jerzy Lec
Von Blindgängern

Eine alte Frau lehnte sich aus übergroßer Neugierde zu weit aus dem Fenster, fiel und zerschellte.

Aus dem Fenster lehnte sich eine zweite alte Frau und begann, auf die Tote hinabzuschauen, aber aus übergroßer Neugierde fiel auch sie aus dem Fenster, fiel und zerschellte.

Dann fiel die dritte alte Frau aus dem Fenster, dann die vierte, dann die fünfte. Als die sechste alte Frau hinausgefallen war, hatte ich es satt, ihnen nachzuschauen, und ging auf den Malcevskij Markt, wo man angeblich einem Blinden einen gestickten Schal geschenkt hatte.

Daniil Charms
Herausfallende alte Frauen

In der Nacht zu seinem sechsten Geburtstag starb Gottfried, vermutlich an Aufregung.

Nikolaus Heidelbach

Onkel Rimsky hatte nie an Drachen geglaubt, bis er hinter einem verlassenen Traktor einen entdeckte. Er war schwach, matt und wackelig auf den Beinen. Onkel Rimsky nahm ihn bei sich auf und fütterte ihn mit Streichhölzern und Kienspänen. Auf Grund dieser sinnvollen Diät war der Drache bald wiederhergestellt. Das dankbare Tier leistet jetzt überaus nützliche Dienste, zündet Onkel Rimskys Zigarren an, macht allmorgendlich Feuer im Haus und hält die Kochtöpfe warm.

Tomi Ungerer

Das Ungeheuer war etwa 100 Fuß lang
und lächelte an beiden Enden.

Nikolaus Heidelbach

Frau U. erzählte, wie sie einmal im Dunkeln ihre Treppe hinaufging und das Gefühl hatte, verfolgt zu werden. Als sie ihre Türe aufgeschlossen hatte und sie von innen wieder zumachen wollte, war ein Widerstand da, wie von einem Fuß, den jemand in die Spalte setzt. Sie drückte mit allen Kräften, der Widerstand blieb, sie hörte keinen Laut. Sie warf ihren schweren Körper gegen die Tür. Plötzlich ein leiser Klagelaut, dann Stille. Sie hatte die Nachbarskatze totgedrückt.

Marie Luise Kaschnitz

Winzige Geister spuken des Nachts in den Sandburgen, die Kinder tagsüber auf den Stränden der Normandie gebaut haben.

Roland Topor

Sommer in Schweden:
Im vorigen Jahr war's ein Montag.

Kurt Tucholsky

Wir haben heuer mal eine Weltreise gemacht. Aber ich sag's Ihnen gleich, wie es ist: Da fahren wir nimmer hin.

Gerhard Polt
Die Weltreise

Ein Mann und eine Frau fuhren in den Süden, und als der Mann starb, legte ihn die Frau bis zum Ferienende in eine Tiefkühltruhe. Sie kostete jede Sekunde aus am Strand; und einen Prozess führte sie dann, weil der Mann sieben Mahlzeiten nicht gegessen hatte. Das Hotel machte eine Wertminderung der Tiefkühltruhe geltend, und es kam zu einem Vergleich; man verglich die Mahlzeiten mit dem Mann und einigte sich auf unentschieden.

Urs Widmer

Auf einer einsamen Insel gestrandet, hat
er die zündende Idee, wie er ein Vermögen
verdienen kann. Aber die Jahre gehen
um und kein Schiff zeigt sich am Horizont.
Je größer die Summe wird, die er sich
ausmalt, umso größer sein Martyrium.

Roland Topor

Ein junger Mann hatte eine Million Mark beisammen, legte sich darauf und erschoss sich.

Anton Čechov

Ein Bettler: Um zu sehen, ob es einen noch Ärmeren gibt, hängt er seine abgelegten Hosen an einen Baum auf, es nimmt sie aber keiner weg.

Friedrich Hebbel

Ein Millionär, der in ein Armenhaus gegangen war, um seinen Vater zu besuchen, traf dort einen Nachbarn, den das sehr überraschte.

»Was!«, sagte der Nachbar. »Sie besuchen manchmal sogar Ihren Vater?«

»Wären unsere Rollen vertauscht«, sagte der Millionär, »glaube ich bestimmt, dass er mich auch besuchen würde. Der alte Herr war immer ziemlich stolz auf mich. Im Übrigen«, fügte er leise hinzu, »brauche ich seine Unterschrift; ich will eine Lebensversicherung für ihn abschließen.«

Ambrose Bierce
Der getreue Sohn

Ich Unglücklicher!, klagte ein Geizhals seinem Nachbarn. Man hat mir den Schatz, den ich in meinem Garten vergraben hatte, diese Nacht entwendet und einen verdammten Stein an dessen Stelle gelegt.

Du würdest, antwortete ihm der Nachbar, deinen Schatz doch nicht genutzt haben. Bilde dir also ein, der Stein sei dein Schatz, und du bist nichts ärmer.

Wäre ich auch schon nichts ärmer, erwiderte der Geizhals, ist ein andrer nicht um so viel reicher? Ein andrer um so viel reicher! Ich möchte rasend werden.

Gotthold Ephraim Lessing
Der Geizige

Ein Pferdehändler geriet unter die Lokomotive, und ihm wurde ein Bein abgefahren. Wir brachten ihn in den Wartesaal, das Blut floss, eine schreckliche Geschichte, er aber bat, man möge sein Bein suchen, und war ganz unruhig – in dem Stiefel des abgefahrenen Beines steckten zwanzig Rubel, die durften nicht verlorengehen.

Anton Čechov

Ich finde einen 200-Euroschein, gehe damit zum nahegelegenen Kiosk, lege den Schein vor die Zeitungsverkäuferin und sage: »Gerade gefunden, falls sich jemand meldet.« Sie sagt: »Danke.« Das lässt mich stutzig werden. Ja, wo ist denn das Fernsehen? Bin ich denn nicht ehrlicher Finder, Mann des Tages?

Otto Jägersberg

Eine Frau verkauft auf der Straße einen Hundertmarkschein für fünfundneunzig Mark. Der Geldschein ist echt.
Die Passanten machen einen Bogen um die Frau. Fünfzehn Minuten später muss sie im Präsidium sehr schwierige Fragen beantworten.

Wolf Wondratschek
Der Hundertmarkschein

Wie Ruth Benedict erzählt, hielten die
Indios auf der Insel von Vancouver Turniere
ab, bei denen die Prinzen ihre Stärke
maßen. Sie wetteiferten miteinander, indem
sie ihr Hab und Gut zerstörten. Sie warfen
ihre Kanus ins Feuer, ihr Fischöl und
ihre Lachseier; und von einem hohen Kap
schleuderten sie ihre Decken und ihre
Töpfe ins Meer.
Sieger blieb, wer sich von allem trennte.

Eduardo Galeano
Die Indios

In unserer Stadt starb ein Kaufmann. Vor seinem Tod ließ er sich einen Teller Honig bringen und aß sein ganzes Geld und seine Papiere zusammen mit dem Honig auf, denn niemand sollte es bekommen.

Anton Čechov

Auf dem Weg zur Kirche achtet eine ältere Dame nicht auf Rot, erwischt mit ihrem PKW einige Jugendliche auf dem von der Ampel freigegebenen Fußgängerstreifen, und, nachdem sie sich durch einen Blick in den Rückspiegel überzeugt hat, dass offensichtlich niemand zu Tode gekommen ist, setzt sie ihre Fahrt schneller fort, um den Beginn des Gottesdienstes nicht zu versäumen.

Otto Jägersberg
Die Kirchfahrerin

Mambrini zog die Pistole hervor und
setzte sie dem Sohn an die Stirn.
»Was erwartet mich jetzt?«
»Nichts«, sagte der Vater. »Nichts.«
Aber, fügte er hinzu, und er hätte dies auch
der Mutter gesagt: Man solle es deswegen
nicht gering schätzen.

Hartmut Lange

Ein alter Chemiker hat das Elixier der
Unsterblichkeit erfunden – 15 Tropfen
davon, und man lebt ewig. Aber der
Chemiker zerschlägt die Phiole mit dem
Elixier, aus Angst, dass so ein Aas wie
er oder seine Frau ewig leben könnten.

Anton Čechov

Verlockendes Angebot. Muss ablehnen.
Immer noch gelähmt.

Richard Ford

Einer wird durch einen vornehmen Herrn durch den Kopf geschossen. Etwas Atem bleibt ihm noch. »Ich danke Ew. Gnaden, dass Sie sich die Mühe genommen haben!«

Friedrich Hebbel

Ein alter Mann wird ins Krankenhaus eingeliefert. So wie er ist, weigert sich der Arzt, ihn zu behandeln, die Schwestern sollen ihn erst baden. Als dem Mann ein Wurm aus dem Bart fällt, weigern sich die Schwestern weiterzumachen. Eine männliche Hilfskraft muss her. Danach könnte der Mann eigentlich dem Arzt vorgeführt werden, stirbt aber.

Otto Jägersberg
Schwarzwaldgeschichte

Bis auf die Grundmauern brannte
alles nieder, nur deine Asche brannte nicht.
Du bist einfach nicht tot zu kriegen.

Anna Miller

Mit Blaulicht rast der Notarzt in
den Ort. Die alten Nachbarn sehen sich an.
Keiner fehlt. Alle noch am Tresen.

Jürgen Becker

Lord Duncan, mit neunzehn britischer
Tennismeister, hochdekorierter Weltkrieg-
ii-Pilot, in vierter Ehe mit dem zwanzig
Jahre jüngeren blonden Hollywoodstar
Vanessa Ruben verheiratet, unzählige
Affären mit anderen Frauen, acht Kinder,
Erfinder des Lord-Duncan-Shrimpcock-
tails, Kunstsammler, Verfasser erfolgreicher
historischer Romane, klagte auf dem
Totenbett: Wäre ich doch Maler geworden,
und eigentlich mag ich brünette Frauen
viel lieber, und überhaupt: Shrimps! Besser,
ich hätte was mit Austern erfunden!

Jakob Arjouni
Auf dem Totenbett

Einer erschießt sich über der Leiche
seiner Braut, davon erwacht sie, denn sie
ist nur scheintot gewesen.

Friedrich Hebbel

Wir saßen in einem Wirtshaus auf Capri,
als Norman hereinkam und uns mitteilte,
dass T. im Begriff sei, sich zu erschießen.
Wir waren entsetzt. Norman sagte, als T.
ihn von seinem Entschluss unterrichtet
habe, sei ihm kein Argument eingefallen,
ihn davon abzubringen. »Wollen Sie etwas
dagegen unternehmen?«, fragte ich.
»Nein.« Er bestellte eine Flasche Wein
und setzte sich an den Tisch, um auf das
Geräusch des Schusses zu warten.

W. Somerset Maugham

Tante Luci war 1,82 groß, der geschlossene Sarg, in dem sie lag, maß gerade mal anderthalb Meter.

Astrid Rosenfeld

Er durchbohrt Spielzeugsoldaten mit
Stecknadeln. Er stößt sie ihnen in den
Bauch, bis die Spitze aus dem Rücken tritt.
Er stößt sie ihnen in den Rücken, bis die
Spitze aus der Brust tritt.
Sie fallen.
»Und warum gerade diese?«
»Das sind doch die andern.«

Reiner Kunze
Sechsjähriger

Als der Krieg aus war, kam der Soldat nach Haus. Aber er hatte kein Brot. Da sah er einen, der hatte Brot. Den schlug er tot. Du darfst doch keinen totschlagen, sagte der Richter. Warum nicht, fragte der Soldat.

Wolfgang Borchert
Lesebuchgeschichte

Gestern früh hat sich am großen Zeiger
der Rathausuhr ein Künstler erhängt.
Unter der Last des Selbstmörders schob
sich der Zeiger zur Ziffer 6 zurück – und
zeigte somit die Uhrzeit um fast zwanzig
Minuten später an.
Es kam zur Irreführung des zahlreich
versammelten Publikums, das überzeugt
war, noch Zeit zu haben, den Vorfall bis
zur Ankunft der Feuerwehr zu beobachten.
Das führte in den Ämtern und Betrieben
zu zahlreichen Verspätungen.

Sławomir Mrożek
Trauriger Vorfall

Schwimmlehrer Renard, dessen Schüler in der Marne bei Charenton plantschten, ging selber ins Wasser, er ertrank.

Félix Fénéon

Ein Gesunder besuchte einen Todkranken.
»Auf Wiedersehen«, sagte er beim Abschied.
»Ich glaube nicht, dass wir uns wieder-
sehen«, sagte der Todkranke.
Und er hatte Recht.
Auf dem Heimweg fuhr der Gesunde mit
seinem Sportwagen über eine Kurve hinaus
und war sofort tot.

Franz Hohler
Abschied für immer

Ein Totengräber, noch jung an Jahren, aber nicht gesund, ließ sich im Dezember anstelle eines Toten begraben, indem er sich in einen Sarg legte, bevor dieser geschlossen wurde. Der Tote dagegen wurde eine Woche später bei ihm zu Hause unter dem Bett gefunden.

Ermanno Cavazzoni
*Selbstmorde von Berufs wegen
Totengräber*

Er machte einen Selbstmordversuch,
und das rettete ihm das Leben.

Kurt Tucholsky

Dann holte er tief Atem und hielt ihn
für seine Verhältnisse unverhältnismäßig
lange an. Dann starb er – rasch und ohne
Aufhebens davon zu machen.

F. Scott Fitzgerald

Ein Tellerwäscher aus Nancy,
Vital Frérotte, der gerade erst aus Lourdes
zurückgekehrt und dauerhaft von
Tuberkulose geheilt worden war, starb
am Sonntag versehentlich.

Félix Fénéon

Ein Geflügelhändler, der wegen der Steuern verzweifelt und fest entschlossen war, Schluss zu machen, legte sich am neunten Juni auf die Eisenbahnschienen und blieb vier Stunden liegen. Schließlich kam der Zug und entgleiste beim Bremsen. Im Zug war ein Herzkranker, der dabei einen Kollaps bekam und starb.

Ermanno Cavazzoni
Selbstmorde mit Fehlern
Geflügelhändler

Sie hatte ihre eigene Todesanzeige aufgegeben, erschrak dann aber doch beträchtlich, als sie in der Frühstückspause die Zeitung aufschlug.

Hans Peter Niederhäuser

Der Tod, eine bildschöne, hochmütige Frau, arbeitet als Garderobendame in einem Nachtclub. Alle Stammgäste versuchen, sie zu verführen, und allen gelingt es.

Roland Topor
Kleines Schwarzes

Der Tod steht in seinem Nachen und wartet. Zwei grölende Gesellen kommen die Uferböschung herab, entdecken den Nachen und machen es sich auf seiner Rückbank bequem.
Der Eine: »Ist egal, wohin.«
Der Andere: »Hauptsache, was los.«
Der Tod stößt vom Ufer ab.

F. K. Waechter
Die Abenteurer

Eine Fliege quälte mich. Ich verjagte sie, aber sie kam zurück, ich verjagte sie also wieder. Schließlich sagte sie: »Nein, das ist es nicht. Ich warte, bis …«
Sie flog weit weg und ließ sich auf einem toten Hund nieder.
»Bis was?«, fragte ich.
Sie antwortete nicht. Und ich drang nicht weiter in sie, denn ich fürchtete, die Antwort zu kennen.

Sławomir Mrożek
Die Fliege

Da ging mal ein Mann zur Arbeit, und
unterwegs begegnete er einem anderen
Mann, der ein polnisches Weißbrot gekauft
hatte und heimging.
Das ist eigentlich schon alles.

Daniil Charms
Begegnung

Ich ging im Regen, den Hut in die Stirn gedrückt, den Mantelkragen hochgeschlagen, die Hände in den Taschen. Dann ging ich nach Hause. Ich ging noch etwas zu essen kaufen. Und aß es.

Witold Gombrowicz
Eine Tragödie

In einer bestimmten Gemütsverfassung – keiner, die er sehr schätzte –, lümmelte sich Aristide gern ins Sofa und tat, als sehe er sich einen Boxkampf an. In Wirklichkeit beobachtete er eine Nachbarin von gegenüber, die oft nachts vor dem Schlafengehen am Fenster ihr langes Haar föhnte.

Tim Krohn

Ein klitzekleines Cronopium suchte den Haustürschlüssel auf dem Nachttisch, den Nachttisch im Schlafzimmer, das Schlafzimmer im Hause, das Haus auf der Straße. Hier hielt das Cronopium inne, da es, um auf die Straße zu gehen, den Hausschlüssel benötigte.

Julio Cortázar
Geschichte

Heute morgens frühstückte ich im Bade,
etwas zertreut. Ich goss den Tee in das zum
Zähneputzen bestimmte Gefäß und warf
zwei Stücke Zucker in die Badewanne,
welche aber nicht genügten, ein so großes
Quantum Wassers merklich zu versüßen.

Heimito von Doderer
Das Frühstück

Sagt der Anfang zu dem Ende der
Geschicht: Du gefällst mir nicht.
Sagt das Ende zu dem Start:
Wer mit sowas anfängt, hat's auch hart.
Sagt die Mitte zu den beiden:
Ich kann keinen von euch leiden,
lasst mich raus.
Damit ist die Geschichte aus.

Christoph Poschenrieder
*Diese Geschichte zerstört sich in
7 Sekunden selbst*

Er fiel sich selbst ins Wort.

Georg Christoph Lichtenberg

Der Schriftsteller, dem nichts mehr
einfällt und der darum einen Mord begeht,
um ein wirklich fesselndes Thema behandeln zu können, und der danach nicht
einmal in Verdacht gerät und sich daher
selber der Polizei stellen muss, um in der
Zelle in aller Ruhe an die Arbeit gehen
zu können, jedoch freigesprochen wird,
so dass er am Ende einfallslos dasitzt wie
zu Anfang.

Günter Kunert
Motiv

Tatsächlich ist der bedeutendste Roman
der Weltliteratur nie unter die Leser
gekommen. Die 75 Exemplare, die die
Autorin verschickt hat, sind inzwischen
auf einer Mülldeponie zu Staub zerfallen.
Als sie starb, kannte niemand ihren Namen. Die Einsichten und Beobachtungen
in ihrem Buch waren so tiefsinnig, dass sie
die Leser geradezu gezwungen hätten,
die Welt mit anderen Augen zu sehen und
das Leben ihrer Mitmenschen zu ver-
bessern. Doch Agenten, Lektoren und
Verleger waren sich einig: Vollkommen
unverkäuflich!

Joey Goebel

Als der bekannte Schriftsteller von einer
Zeitung gefragt wurde, ob er einen Text
über die Arbeitslosigkeit schreiben würde,
sagte er ab.
Leider habe er, gab er als Grund an, zu viel
zu tun.

Franz Hohler
Die Absage

Es war einmal eine Schabe namens Gregor Samsa die träumte sie sei eine Schabe mit Namen Franz Kafka die träumte sie sei ein Schriftsteller der über einen Angestellten mit Namen Gregor Samsa schriebe der träumte er sei eine Schabe.

Augusto Monterroso
Die verträumte Schabe

TYP: Darf ich dich auf ein Bier
      einladen?
FRAU: Nein, danke.
TYP: Dann muss ich gar nicht erst
      fragen wegen ficken?

Laura de Weck

Er liebt seine Frau.
Seine Frau liebt ihn, aber sie liebt auch
ihren Liebhaber.
Ihr Liebhaber liebt seine Liebhaberin,
aber er liebt auch seine Frau, die ihren
Liebhaber liebt.
Die Frau des Liebhabers der Frau, deren
Mann der Liebhaber der Frau des Mannes
ist, der seine Frau liebt, liebt den Mann, der
nur seine Frau liebt, weil alles unerträglich
würde, wenn auch dieser Mann eine
Liebhaberin hätte, die möglicherweise
zugleich die Liebhaberin ihres Liebhabers
wäre, von dessen Frau der Mann ohne
Liebhaberin glücklicherweise gar nichts
weiß.

Guy Rewenig
Alles Liebe

Sehr komisch, dauernd musste er lachen.
Dabei hatte er nur zwanzig Jahre lang
voller Wut und Verzweiflung die Dumm-
heiten seiner Frau aufgeschrieben.
Beinah tat es ihm leid, dass er sie verlassen
hatte. Sie hatte doch für Unterhaltung
gesorgt.

Otto Jägersberg
Beim Durchblättern alter
Tagebücher

Einer, der plötzlich bemerkt, dass er
bei einer Giftmischerin wohnt; er ist krank,
um sich zu retten, stellt er sich in die
Tochter verliebt.

Friedrich Hebbel
Gerettet

Nach zwanzig Jahren Ehe hätte ich
wohl wissen sollen, dass er eine tödliche
Erdnussallergie hat. Tja.

Anna Stothard

Sie kaufte drei Paar Eheringe, alle in der gleichen Größe.

Astrid Rosenfeld

Aus Gleichgültigkeit heiratete sie einen Mann, den sie verachtete, den sie aber ein paar Jahre tüchtig ausnutzen wollte. Ein paar Jahre nur. Und so ließ sie von Anfang an in ihren Ehering auch das Scheidungsdatum eingravieren.

Jacques Sternberg
Der Vertrag

Erkan schrieb und las mit fünf Jahren bereits fließend und fehlerlos Hochdeutsch, Schweizerdeutsch und Türkisch, er brachte sich selbst Englisch bei, rechnete höllisch gut und erfand viele schöne Gedichte und unanständige Rezepte. Das alles änderte, was er lange nicht einsah, nichts daran, dass seine Eltern getrennt lebten und sich nie wieder so richtig verstehen würden.

Tim Krohn
Schweres Los Nr. 3

Es ist sehr schwierig, in einer Atelier-
wohnung in San José mit einem Mann zu
wohnen, der Geige spielen lernt.«
Das sagte sie zu den Polizisten, als sie ihnen
den leeren Revolver gab.

Richard Brautigan
Das Scarlatti-Turnier

Einem Eisbären war die Frau abhanden-
gekommen, und auf der Suche nach ihr
betrat er ein Eskimozelt. In der Schlafecke
fand er vorm Bett ihren Pelz. »Verdammt«,
dachte er, »wenn das kein Scheidungsgrund
ist –«

Wolfdietrich Schnurre
Ein starkes Stück

Einer Witwe, die am Grab ihres Mannes weinte, näherte sich ein Gentleman, um anzubändeln; er versicherte ihr in respektvollem Ton, dass er seit langer Zeit schon die zärtlichsten Empfindungen für sie hege. »Schuft!«, schrie die Witwe. »Entfernen Sie sich augenblicklich! Ist das die richtige Stunde, zu mir von Liebe zu sprechen?« »Ich versichere Ihnen, Madam, dass ich nicht beabsichtigt habe, meine Gefühle zu offenbaren«, erklärte der Gentleman demütig, »aber es war Ihre Schönheit, die meine Zurückhaltung überwältigte.« »Da sollten Sie mich erst sehen, wenn ich nicht weine«, antwortete die Witwe.

Ambrose Bierce
Die treue Witwe

Sie hatte nicht damit gerechnet, dass nach
der Hochzeit noch eine Ehe kommt.

Otto Jägersberg
Judith

Ich verlasse dich!
Wann?
Jetzt!
Zu spät.

Alfred Komarek

Wenn du nicht abhaust, such ich mir einen andern.

Raymond Chandler

Sie ging am Arm von irgendeinem Schönling, ich wusste genau, dass sie mich gesehen hatte, aber ich ließ mir durch nichts anmerken, dass auch ich sie gesehen hatte. Ein Taxi hielt. Eine bildschöne Frau stieg aus und ging in einen Laden auf der anderen Straßenseite. »Darling!«, rief ich ihr nach und rannte hinüber. Abends kam mir das Programm im Fernsehen noch trostloser vor als sonst.

Jean-Jacques Sempé

Sie hatte ihm gesagt, dass es vorbei war, dass er ihr Leben ruiniert hatte; danach lief er lange durch den Regen, wünschte, das niederströmende Wasser wäre Säure, die seinen erbärmlichen, nutzlosen Körper auflösen und was davon übrig blieb in die Kanalisation spülen würde, zusammen mit der ganzen anderen Scheiße dieser Stadt.

Jason Starr

Er begegnete ihr jeden Donnerstag
auf dem Friedhof und immer weinte sie vor
einem anderen Grab.

Astrid Rosenfeld

78 hat sein Samen neues Leben gezeugt.
Matthias, 56, kinderlos.

Anna Miller

Er hatte mit mehr Frauen geschlafen,
als irgendjemand, den ich je kennengelernt
habe. Doch keine einzige war bei seinem
Begräbnis.

Joey Goebel

Ein Zornesausbruch neben der Straße, meine Weigerung, auf dem Weg miteinander zu reden, ein Schweigen im Kiefernwald, ein Schweigen beim Überqueren der alten Eisenbahnbrücke, ein Versuch, im Wasser freundlich zu sein, eine Weigerung, den Streit auf den flachen Steinen zu beenden, ein wütender Aufschrei auf dem steilen lehmigen Ufer, ein Weinen zwischen den Büschen.

Lydia Davis
Der Ausflug

Beryl war allein und todunglücklich.
Ihr Ralph war nun schon seit zwölf Jahren
unter der Erde. Wenn die Enkelkinder zu
Besuch kamen, spielten sie mit ihren Handys
und taten so, als wäre sie nicht anwesend.
Das junge Paar oben hatte routinemäßig
ohrenbetäubenden Sex, und Beryl rief
ebenso regelmäßig Richtung Decke: »Meine
Güte, schlaft ihr miteinander oder führt
ihr einen Exorzismus durch?« Dann verliebte sie sich schrecklich in einen Kroaten.
Ihren Freundinnen in der Kirche erzählte
sie vergnügt: »Sagen wir mal so, Mädels:
Als ich nach Zagreb ging, hatte ich ein
gebrochenes Herz, wieder zu Hause, ein
gebrochenes Becken.«

Adam Davies
Wieder Zu Hause

In seiner allerersten Erinnerung trägt er Weiß, einen Matrosenanzug oder etwas Ähnliches. Und wirft sich in eine Güllepfütze. So war das.

Nadja Einzmann

Ein Büblein klagte seiner Mutter:
»Der Vater hat mir eine Ohrfeige gegeben.«
Der Vater aber kam dazu und sagte:
»Lügst du wieder? Willst du noch eine?«

Johann Peter Hebel

Zwei uralte Greise: Wer ist Vater, wer ist Sohn? Beide haben's vergessen.

Friedrich Hebbel

Der Text? ›Im Himmel vereint‹.«

»Das ist wunderschön«, sagte der Täto-
wierer.

»Ja. Das sagte meine Mutter immer, wenn
sie einen Toast aussprach. Und es waren
auch ihre letzten Worte.«

»Wow. Das macht es noch viel schöner.
Wo soll ich es Ihnen stechen?«

»Auf den Arsch.«

Joey Goebel

Sie hatte ihren Vater nie kennengelernt.
Eines Tages erfährt sie, dass er in einem Café
in Marseille arbeitet. Sie fährt hin, trifft
ihn hinter der Bar und sagt ihm: »Ich bin
Ihre Tochter.«
»Was willst du trinken«, antwortet er ihr,
während er gedankenverlorenen die Theke
wischt.

Roland Topor

Ein Tennislehrer bekommt von einem Russen, der im Palace wohnt, den Auftrag, seine übergewichtige Tochter zu trainieren, Stunde 50 Euro. Mehr als auf die Verbesserung ihrer Balltechnik, hofft der Vater auf Gewichtsabnahme. Das Mädchen entzieht sich der Stunde, indem sie dem Tennislehrer 100 Euro in die Hand drückt und ins McDonald's entschwindet.

Otto Jägersberg
Schlankheitskur

Der dicke Mann, der einem sein erstes
Sodbrennen erzählt.

Kurt Tucholsky

Ein Mann, der Herrn K. lange nicht
gesehen hatte, begrüßte ihn mit den Worten:
»Sie haben sich gar nicht verändert.«
»Oh!« sagte Herr K. und erbleichte.

Bertolt Brecht
Das Wiedersehen

Eines Abends habe ich zu ihr gesagt,
dass sie mir kaum noch Rätsel aufgebe.
Und seither – obwohl sich doch rein gar
nichts an ihrem Verhalten geändert hat
(ja, vielleicht gerade weil sich nichts daran
geändert hat) – überkommt mich manchmal die entsetzliche Versuchung, sie über-
wachen zu lassen.

Jean-Jacques Sempé

Die Geschichte zweier Freunde,
die über Jahre hindurch aneinander die
große Ruhe bewundert haben: Und
dann stellt sich heraus, dass einer den
andern nachgeahmt hat.

Peter Handke

Dein Fehler besteht darin«, sagte mein Freund Georges, »dass du alles, was man zu dir sagt oder was du siehst, ganz direkt und unreflektiert auffasst. Klopf die Dinge erst mal ab, bohr ein bisschen tiefer, streng dich 'n bisschen an!«
Ich strengte mich ein bisschen an, und da wurde mir schlagartig klar, dass ich seit zwanzig Jahren einen totalen Volltrottel zum Freund hatte.

Jean-Jacques Sempé

Eine alte Freundin ruft an. Früher hat
sie öfters angerufen. Jetzt bestellt sie einen
Kasten Mineralwasser. Wie bitte? Einen
Kasten Mineralwasser. Ich sei doch der
Getränkelieferant. Bin ich nicht, aber er hat
denselben Namen.

Jürgen Becker

Und vor Freude darüber, dass die Gäste
endlich gingen, sagte die Frau des Hauses:
Bleiben Sie doch noch ein wenig.

Anton Čechov

Ein Parteivorsitzender ging an einem sonnigen Tag spazieren. Plötzlich sah er, wie sich sein Schatten von ihm löste und rasch fortlief.

»Komm zurück, du Halunke«, schrie er.

»Wäre ich wirklich ein Halunke«, antwortete der Schatten und lief noch schneller, »dann wäre ich bei dir geblieben.«

Ambrose Bierce
Der Schatten
des Parteivorsitzenden

Es war einmal eine Hochsprunglatte, die hatte es satt, dauernd heruntergestoßen zu werden. Aber oben bleiben mochte sie auch nicht. Erstrebenswert schien ihr bloß der Schwebezustand.

Lukas Hartmann

Ein Freund erzählte Herrn Keuner, seine Gesundheit sei besser, seit er im Herbst im Garten alle Kirschen eines großen Baums gepflückt habe. Er sei bis ans Ende der Äste gekrochen, und die vielfältigen Bewegungen, das Um-sich-und-über-sich-Greifen müsse ihm gutgetan haben.

»Haben Sie die Kirschen gegessen?« fragte Herr Keuner, und im Besitz einer bejahenden Antwort sagte er: »Das sind dann Leibesübungen, die ich auch mir gestatten würde.«

Bertolt Brecht
Herr Keuner und Freiübungen

Das Dienstmädchen wirft, beim Betten-
machen, die Pantoffeln jedes Mal unters
Bett bis hinten an die Wand. Der Hausherr,
sehr dick, fährt schließlich aus der Haut
und will das Mädchen davonjagen. Wie sich
herausstellt, hatte der Arzt ihr aufgetragen,
die Pantoffeln so weit wie möglich dorthin
zu werfen, um den Dicken zu kurieren.

Anton Čechov

Der alte Apfelbaum wird abgesägt.
Er fällt sonst von alleine um.

Jürgen Becker
Der alte Apfelbaum

Das brave kleine Dienstmädchen
hatte nur einen Ehrgeiz: Schauspielerin
zu werden. Sie wurde es und spielte
die Dienstmädchenrolle schlecht.

Ennio Flaiano

Herr K. sah eine Schauspielerin vorbeigehen und sagte: »Sie ist schön.« Sein Begleiter sagte: »Sie hat neulich Erfolg gehabt, weil sie schön ist.« Herr K. ärgerte sich und sagte: »Sie ist schön, weil sie Erfolg gehabt hat.«

Bertolt Brecht
Erfolg

Die Schauspielerin kann zwar nicht spielen, aber sie ist in diesen Tagen trotzdem sehr beschäftigt. Sie muss einige Bilder für ihre Ausstellung fertigmalen, ihre Wohnung renovieren, einen Verleger für ihren Roman finden und schließlich einen Selbstmordversuch unternehmen. Wird sie das schaffen?

Ennio Flaiano

Der Vorhang öffnet sich. Ich trete an
die Rampe. Ich erschieße mein Publikum.
Ich verbeuge mich. Der Applaus kommt
vom Band.

F. K. Waechter
Meine Solonummer

Der Bösewicht bleibt übrig. Sonst
Leichen. Schließlich fällt zur allgemeinen
Befriedigung ein Schuss aus dem
Souffleurkasten.

> Fritz von Herzmanovsky-
> Orlando
> *Dramenende*

Ein wahnsinniger Mensch in Posen
bildete sich ein, er sei die Sonne – auf dem
Geländer der Fontaine auf dem Markte
stand er und schien. Er machte sich oft den
Spaß, die Leute zu blenden, und wenn
manche, die seinen Wahnsinn kannten, so
taten, als träfen sie wirklich Sonnenstrahlen,
so lächelte er zufrieden und wandte sich
nach einer andern Seite. Oft bildete er sich
nachts ein, er sei der Mond und schien eben
so als am Tage die Sonne.

E. T. A. Hoffmann
Die Sonne

Patient: »Ich schreibe einen Brief.«
Direktor: »Wem schreiben Sie denn?«
Patient: »Mir.«
Direktor: »Was steht denn drin?«
Patient: »Das weiß ich doch nicht, der Brief
ist noch nicht angekommen.«

Friedrich Dürrenmatt

Nach Zigaretten hatte sie kein Verlangen mehr, bemerkte Emma, aber das dringende Bedürfnis, sich unter ihren Schreibtisch zu hocken und ein Ei zu legen. Leise vor sich hin gackernd fragte sie sich, ob es vielleicht etwas unbesonnen gewesen war, einem Mann zu vertrauen, auf dessen Visitenkarte die Worte »Hypnotiseur« und »Komiker« standen.

Anna Stothard

Auf einem feurigen Rosse floh stolz ein dreister Knabe daher. Da rief ein wilder Stier dem Rosse zu: Schande! von einem Knaben ließ ich mich nicht regieren!
Aber ich, versetzte das Ross. Denn was für Ehre könnte es mir bringen, einen Knaben abzuwerfen?

Gotthold Ephraim Lessing
Das Ross und der Stier

Ach«, sagte die Maus, »die Welt wird enger mit jedem Tag. Zuerst war sie so breit, dass ich Angst hatte, ich lief weiter und war glücklich, dass ich endlich rechts und links in der Ferne Mauern sah, aber diese langen Mauern eilen so schnell aufeinander zu, dass ich schon im letzten Zimmer bin, und dort im Winkel steht die Falle, in die ich laufe.«
»Du musst nur die Laufrichtung ändern«, sagte die Katze und fraß sie.

Franz Kafka
Kleine Fabel

Mach, dass du wegkommst!«, schnaubte
der Stier die Mücke an, die ihm im Ohr
saß. »Du vergisst, dass ich kein Stier bin«,
sagte die; und stach ihn gemächlich.

Wolfdietrich Schnurre
Die Macht der Winzigkeit

Es gibt einen Wurm, der unter dem Augenlid des Nilpferdes lebt und sich ausschließlich von dessen Tränen ernährt.

Stefan Beuse
Schluss

Einer will sich ersäufen, allerdings
sein großer Hund, der ihm nachgelaufen,
apportiert ihn allemal wieder.

Georg Christoph Lichtenberg

Als der beherzte Hund merkte, dass sein Herrchen, ein gewisser A.R., weitere drei Liter Wodka einkaufte, stürzte er sich auf die Flaschen und trank ihren Inhalt blitzschnell bis zur Neige aus, womit er seinen Herrn vor der unweigerlichen Vergiftung rettete. Der Zustand des Heldenhundes ist besorgniserregend.

Sławomir Mrożek
Heldentat eines Hundes

Als der Wolf Hirten im Zelt ein Schaf
verzehren sah, ging er hin und sagte:
»Was würdet ihr für ein Lärm machen,
wenn ich das täte!«

Äsop
Der Wolf und die Hirten

Ein Glühwürmchen war nachts um
eine Kurve gebogen und mit voller Gewalt
auf eine Katzennase geprallt. »Aber ich
bitte Sie«, fragte es der Schnellrichter, »wie
konnte denn das nur passieren?« Das Glühwürmchen räusperte sich. »Ich habe die
Augen der Klägerin für zwei von unseren
Leuten gehalten, und zwischen denen
wollte ich durch...«

Wolfdietrich Schnurre
Verkehrsunfall

Die Prinzessin küsste und küsste und küsste, bis die Haut von ihren Lippen blätterte, aber der Frosch blieb steif und stur ein Frosch. Leider war er kein verwunschener Prinz, sondern nur ein genmanipulierter.

Guy Rewenig
Märchenkorrektur

Das Mädchen küsste den Frosch und
würde zur Kröte.

Ennio Flaiano

Es war einmal ein Gott, der hatte den Glauben verloren.

Jacques Sternberg
Ein Verlust

Es war einmal ein Blitz, der schlug zweimal an derselben Stelle ein; aber dort fand er, dass schon beim ersten Mal genug Schaden entstanden war, er also nicht mehr gebraucht wurde, und das deprimierte ihn sehr.

Augusto Monterroso
Der Blitz

Es war einmal ein Schlittschuh, der hasste den Winter und liebte den Sommer. Doch er war sehr glücklich, so hatte er wenigstens seine Ruhe.

Lukas Hartmann

Es war einmal ein Mann, der schaffte es nie, die Dinge, die er anfing, zu Ende zu bringen. Er sah ein, dass es so nicht weitergehen konnte. Und so stand er eines Morgens auf und sprach: »Ich habe die Entscheidung getroffen: Von nun an werde ich alles, was ich anfan…«

Stefano Benni
Die Erzählung des Flohs
des schwarzen Hundes

Es war einmal ein Regentropfen,
der keinem anderen glich.

Roland Topor

Als die Prinzessin bei der Drehorgel
mit den Kutschern tanzte, war sie so schön,
dass der Hof in Ohnmacht fiel.

Karl Kraus

Eine nackte Prinzessin? Erzählen Sie keine Märchen, sagte der Zwerg.

Wolf Wondratschek

Es war einmal ein Zwerg, der war 1,89 m groß.

Franz Hohler
Der große Zwerg

Und sie lebten immer unglücklich und unzufrieden.«
So beschließt er die Märchen, um seinem Kind nichts vorzumachen.

Ennio Flaiano

Zwölfmal im Jahr, jedes Mal, der Monat. Viermal im Monat die Woche, und darin sieben Mal der Tag. Die Stunde: sogar 24 Mal am Tag! Das Leben, das Leben, nur ein Mal. Was für ein Missverhältnis…

Sławomir Mrożek

Die Erde? Haben wir grad gestern aufgegessen.

Yann Martel

Sie warteten auf den Sonnenaufgang.
Er kam nie.

A. S. Byatt

Als alles vorüber war, gab es auf der Erde nur noch zwei Leute. Nach zwanzig Jahren starb der ältere Mann.

Jack Ritchie
Epilog

Wenn Sie es unbedingt wissen wollen:
Der Sinn des Lebens ist in jedem meiner
zahllosen Universen ein anderer«, erklärte
Gott. »Bei Euch? Ich brauchte Fäkalien.
Das ist der Grund, warum es Euch alle gibt.
Im Verborgenen sammle ich schon lange
den Abfall von Euch Erdlingen. Ich brauche
ihn als Düngemittel für eine andere Welt.
Also – nur weiter so!«

Joey Goebel

Das Experiment »Menschheit« ist endgültig gescheitert. Jetzt bleibt nur noch die bange Frage: Sind vielleicht auch die Kakerlaken diktaturfähig und kriegslüstern?

Guy Rewenig
Nach dem Ende

Ganz ohne Veranlassung musste ein Mann plötzlich gähnen, und zwar hier, vor unseren Augen. Das veranlasst uns, diese Geschichte, die wir gerade begonnen haben, augenblicklich zu beenden.

Ror Wolf

Nachweis

Äsop (um 600 v. Chr.)
Der Wolf und die Hirten. Aus: *Der Löwe und die Maus und andere große und kleine Tiere in Fabeln, Geschichten und Bildern.* Ausgewählt von Anne M. Rotenberg. Insel Verlag, Frankfurt am Main, 1976

Jakob Arjouni (*1964, Frankfurt am Main)
Scheidungsgrund, Rat und *Auf dem Totenbett.* Abdruck mit freundlicher Genehmigung des Autors. Copyright © 2011 by Diogenes Verlag, Zürich

Max Aub (1903, Paris – 1972, Mexiko-Stadt)
Geschichte ohne Titel. Aus dem Spanischen von Erich Hackl. Aus: Max Aub, *Crímenes ejemplares.* Media Vaca, Valencia/Segorbe: Fundación Max Aub 2011

Michael Augustin (*1953, Lübeck)
Revision. Aus: Michael Augustin, *Der Chinese aus Stockelsdorf. Miniaturen.* Copyright © 2005 by Edition Temmen, Bremen

Jürgen Becker (*1932. Köln)
Der alte Apfelbaum. Aus: Jürgen Becker, *Im Radio das Meer.* Copyright © 2009 by Suhrkamp Verlag, Berlin
Zwei Geschichten ohne Titel aus: Jürgen Becker, *Die folgenden Seiten. Journalgeschichten.* Copyright © 2006 by Suhrkamp Verlag, Berlin

Stefano Benni (*1947, Bologna)
Die Erzählung des Flohs des schwarzen Hundes. Aus
dem Italienischen von Pieke Biermann. Aus: Stefano
Benni, *Die Bar auf dem Meeresgrund. Unterwasser-
geschichten.* Copyright © 1999 by Verlag Klaus Wagenbach, Berlin

Stefan Beuse (*1967, Münster/Westfalen)
Schluss. Aus: Stefan Beuse, *Wir schießen Gummi-
bänder zu den Sternen. Kurze Geschichten.* Reclam
Verlag, Leipzig, 1997. Copyright © by Stefan Beuse

Peter Bichsel (*1935, Luzern)
Zeit. Aus: Peter Bichsel, *Zur Stadt Paris.* Copyright
© 1993 by Suhrkamp Verlag, Berlin

Ambrose Bierce (1842, Meigs County – 1914 Chihuahua/
Mexiko)
Der getreue Sohn, Sühne, Die treue Witwe und *Der
Schatten des Parteivorsitzenden.* Aus dem Ameri-
kanischen von Joachim Uhlmann. Aus: Ambrose
Bierce, *Meistererzählungen.* Diogenes Verlag, Zü-
rich 1976. Copyright für die deutsche Übersetzung
© 1976 by Diogenes Verlag, Zürich

Wolfgang Borchert (1921, Hamburg – 1947, Basel)
Lesebuchgeschichte. Aus: Wolfgang Borchert, *Das
Gesamtwerk.* Herausgegeben von Michael Töteberg
unter Mitarbeit von Irmgard Schindler. Copyright
© 2007 by Rowohlt Verlag GmbH, Reinbek bei
Hamburg

Richard Brautigan (1935, Tacoma/Washington – 1984,
Bolinas/Kalifornien)

Das Scarlatti-Turnier. Aus dem Amerikanischen von Günter Ohnemus. Aus: Richard Brautigan, *Die Rache des Rasens.* Copyright © 2007 by Kartaus Verlag Martin Stein, Regensburg

Bertolt Brecht (1898, Augsburg – 1956 Ost-Berlin)
Herr Keuner und Freiübungen, Warten und *Das Wiedersehen.* Aus: Bertolt Brecht, *Geschichten vom Herrn Keuner.* Copyright © 2006 by Suhrkamp Verlag, Berlin
Erfolg. Aus: Bertolt Brecht, *Sieh jene Kraniche in großem Bogen.* Copyright © 2006 by Suhrkamp Verlag, Berlin

Antonia Susan Byatt (*1936, Sheffield)
Geschichte ohne Titel. Aus dem Englischen von Margaux de Weck. Erstmals erschienen in *The Guardian* am 24.3.2007. Copyright © 2007 by A. S. Byatt. Abdruck mit freundlicher Genehmigung der Agentur ILA, London

Ermanno Cavazzoni (*1947, Reggio nell'Emilia)
Selbstmorde von Berufs wegen. Totengräber und *Selbstmorde mit Fehlern. Geflügelhändler.* Aus: Ermanno Cavazzoni, *Kurze Lebensläufe für Idioten.* Aus dem Italienischen von Marianne Schneider. Copyright © 1994 by Verlag Klaus Wagenbach, Berlin

Anton Čechov (1860, Taganrog – 1904, Badenweiler)
Alle Geschichten aus dem Russischen von Peter Urban. Aus: Anton Čechov, *Tagebücher/Notizbücher.* Herausgegeben und übersetzt von Peter Urban. Copyright © 1983 by Diogenes Verlag, Zürich

Raymond Chandler (1888, Chicago – 1959 La Jolla, Kalifornien)

Geschichte ohne Titel. Aus: *The Notebooks of Raymond Chandler*. Copyright © 2006 by The Royal Literary Fund

Daniil Charms (1905, Sankt Petersburg – 1942, Leningrad)

Herausfallende alte Frauen und *Begegnung* Aus: Daniil Charms, *Trinken Sie Essig, meine Herren!* Aus dem Russischen von Beate Rausch. Copyright © 2007 by The Estate of Daniel Kharms, USA. Erschienen bei Galiani Berlin im Verlag Kiepenheuer & Witsch, Copyright © 2010 by Verlag Kiepenheuer & Witsch GmbH & Co. KG, Köln

Julio Cortázar (1914, Brüssel – 1984, Paris)

Liebe 77 und *Geschichte*. Aus dem Spanischen von Rudolf Wittkopf. Aus: Julio Cortázar, *Die Erzählungen*. Copyright © 1998 by Suhrkamp Verlag, Frankfurt am Main

Adam Davies (*197, Louisville/Kentucky)

Originalbeitrag für diese Anthologie. Copyright © 2012 by Adam Davies/Diogenes Verlag

Lydia Davis (*1947)

Der Ausflug und *Liebe*. Aus dem Amerikanischen von Klaus Hoffer. Aus: Lydia Davis, *Fast keine Erinnerung*. Copyright © 2008 by Literaturverlag Droschl, Graz – Wien

Heimito von Doderer (1896, Hadersdorf-Weidlingau – 1966, Wien)

Das Frühstück. Aus: Heimito von Doderer, *Die Erzählungen.* Herausgegeben von Wendelin Schmidt-Dengler.
2., durchgesehene Auflage. Copyright © Verlag C.H.
Beck oHG, München. Die erste Auflage dieses Bu-
ches ist 1972 im Biederstein Verlag erschienen

Friedrich Dürrenmatt (1921, Konolfingen – 1990, Neuen-
burg)
Geschichte ohne Titel. Mündlich überliefert von
Daniel Keel.

Nadja Einzmann (*1974, Malsch bei Karlsruhe)
Geschichte ohne Titel. Aus: Nadja Einzmann, *Dies
und das und das. Porträts.* Copyright © 2006 by S.
Fischer Verlag, Frankfurt am Main

Péter Esterházy (*1950, Budapest)
Eine Frau. Aus dem Ungarischen von Zsuzsanna
Gahse. Aus: Péter Esterházy, *Eine Frau.* Copyright
Neuauflage © 2002 Berlin Verlag, Berlin

Michel Faber (*1960, Den Haag)
Geschichte ohne Titel. Aus dem Englischen von Margaux de Weck. Erstmals erschienen in *The Guardian*
am 24.3.2007 unter dem Titel *To cut a Long Story
Short.* Copyright © by Michel Faber

Félix Fénéon (1861, Turin – 1944, Châtenay-Malabry)
Geschichten ohne Titel. Aus dem Französischen von
Julia Stüssi. Aus: Félix Fénéon, *Œuvre.* Copyright ©
1948 by Gallimard, Paris. Copyright für die deutsche
Übersetzung © 2011 by Diogenes Verlag, Zürich

F. Scott Fitzgerald (1896, St.Paul/Minnesota – 1940,
Hollywood)

Geschichten ohne Titel. Aus dem Amerikanischen von Renate Orth-Guttmann. Auszüge aus den *Notizbüchern* von F. Scott Fitzgerald. Abdruck im *Tintenfass* Nr. 29. Copyright © 2005 by Diogenes Verlag, Zürich. Abdruck mit freundlicher Genehmigung der Agentur Liepman, Zürich

Ennio Flaiano (1910, Pescara – 1972, Rom)
Er war bei einer Literaturzeitung… und *Kurzgeschichte* (Titel vom Herausgeber). Aus dem Italienischen von Susanne Hurni. Aus: Ennio Flaiano, *Nächtliches Tagebuch.* Copyright © 1988 by Ammann Verlag, Zürich

Alle anderen Geschichten ohne Titel. Aus dem Italienischen von Ragni Maria Gschwend. Aus: Ennio Flaiano, *Blätter von der Via Veneto.* Beck & Glückler Verlag, Freiburg. Copyright © by Ennio Flaiano Estate. Abdruck mit freundlicher Genehmigung der Erben von Ennio Flaiano und der Agenzia Letteraria Internazionale

Richard Ford (*1944, Jackson/Mississippi)
Geschichte ohne Titel. Aus dem Englischen von Margaux de Weck. Erstmals erschienen in *The Guardian* am 24.3.2007. Copyright © 2007 by Richard Ford. Veröffentlichung mit Genehmigung Nr. 69 449 der Paul & Peter Fritz AG, Zürich

Eduardo Galeano (1940, Montevideo/Uruguay)
Die Indios und *Die Nacht.* Aus dem Spanischen von Erich Hackl. Aus: Eduardo Galeano, *Das Buch der Umarmungen.* Copyright © 1991 by Peter Hammer Verlag, Wuppertal

Joey Goebel (*1980, Henderson/Kentucky)
Originalbeiträge für diese Anthologie. Copyright ©
2012 by Joey Goebel/Diogenes Verlag

Witold Gombrowicz (1904, Małoszyce – 1969, Vence)
Eine Tragödie. Aus dem Polnischen von Olaf Kühl.
Aus: Witold Gombrowicz, *Tagebuch 1953–1969.* Mit
einem Nachwort von Peter Hamm und einem Re-
gister. Herausgegeben von Rolf Fieguth und Fritz
Arnold. Copyright © 1988 by Carl Hanser Verlag,
München

Ramón Gómez de la Serna (1888, Madrid – 1963, Buenos
Aires)
Eine Greguería ohne Titel. Ausgewählt und aus dem
Spanischen übersetzt von Rudolf Wittkopf. Aus:
Ramón Gómez de la Serna, *Greguerías. Die poeti-
sche Ader der Dinge.* Überarbeiteter Neudruck der
Ausgabe von 1986 mit einem nachträglichen Vorwort
von Hans-Martin Gauger. Straelener Manuskripte
Verlag, Straelen/Ndrh. 1994. Copyright © by Edu-
ardo A. Ghioldi

Dashiell Hammett (1894, Maryland – 1961, New York)
Geschichte ohne Titel. Aus dem Amerikanischen von
Claus Sprick. Auszug aus Dashiell Hammett, *From
the Memoirs of a Private Detective.* Zuerst erschienen
in *The Smart Set,* New York, März 1923. Copyright
© für die deutsche Übersetzung 2011 by Diogenes
Verlag, Zürich

Peter Handke (*1942, Griffen/Kärnten)
Geschichte ohne Titel. Aus: Peter Handke, *Das Ge-*

wicht der Welt. Ein Journal (November 1978 – März 1977). Copyright © 1977 by Residenz Verlag, Salzburg

Petra Hartlieb (*1967, München)
Originalbeiträge für diese Anthologie. Copyright © 2012 by Petra Hartlieb/Diogenes Verlag

Lukas Hartmann (*1944, Bern)
Originalbeiträge für diese Anthologie. Copyright © 2012 by Lukas Hartmann/Diogenes Verlag

Friedrich Hebbel (1813, Wesselburen/Dithmarschen – 1863, Wien)
Mahlzeit und *Gerettet*. Aus: Friedrich Hebbel, *Tagebücher*. Carl Hanser Verlag, München, 1966
Alle anderen Geschichten aus: Friedrich Hebbel, *Weltgericht in Pausen. Aus den Tagebüchern.* Ausgewählt von Alfred Brendel. Copyright © 2008 by Carl Hanser Verlag, München

Johann Peter Hebel (1760, Basel – 1826, Schwetzingen)
Geschichte ohne Titel. Aus: Johann Peter Hebel, *Unverhofftes Wiedersehen und andere Geschichten aus dem Schatzkästlein des rheinischen Hausfreundes.* Diogenes Verlag, Zürich, 2009

Nikolaus Heidelbach (*1955, Lahnstein/Rhein)
Das Ungeheuer war… Aus: Nikolaus Heidelbach, *Ungeheuer.* 1981 DuMont Buchverlag, Köln. Copyright © Nikolaus Heidelbach
Geschichte ohne Titel. Originalbeitrag für diese Anthologie. Copyright © Nikolaus Heidelbach

Fritz von Herzmanovsky-Orlando (1877, Wien – 1954, Schloss Rametz bei Meran)

Dramenende. Aus: Fritz von Herzmanovsky-Orlando, *Prosa. Erzählungen und Skizzen*. Herausgegeben von Klaralinda Ma-Kircher. Copyright © 2008 by Residenz Verlag, St. Pölten – Salzburg

E. T. A. Hoffmann (1776, Königsberg – 1822, Berlin)
Die Sonne. Aus: E. T. A. Hoffmann, *Ritter Gluck. Frühe Prosa. Werke 1794–1813*. Deutscher Klassiker Verlag, Frankfurt am Main, 2003

Franz Hohler (*1943, Biel)
Das Blatt. Aus: Franz Hohler, *Die Karawane am Boden des Milchkrugs*. Luchterhand Literaturverlag, München, in der Verlagsgruppe Random House GmbH, 2003. Copyright © by Franz Hohler. Abdruck mit freundlicher Genehmigung des Autors
Der große Zwerg. Aus: Franz Hohler, *Der Granitblock im Kino*. Luchterhand Literaturverlag München in der Verlagsgruppe Random House GmbH, 1981. Copyright © by Franz Hohler. Abdruck mit freundlicher Genehmigung des Autors
Abschied für immer. Aus: Franz Hohler, *Wegwerfgeschichten*. Copyright © Zytglogge Verlag Oberhofen, 12. Auflage 2009
Die Absage. Aus: Franz Hohler, *Die blaue Amsel*. Luchterhand Literaturverlag, München, in der Verlagsgruppe Random House GmbH, 1994. Copyright © by Franz Hohler. Abdruck mit freundlicher Genehmigung des Autors

Otto Jägersberg (*1942, Hiltrup)
Originalbeiträge für diese Anthologie. Copyright ©
2012 by Otto Jägersberg/Diogenes Verlag

Miranda July (*1974, Barre/Washington County)
Zu spät (Titel vom Herausgeber). Erstmals erschienen im *The Guardian* am 24. März 2007. Aus dem Englischen von Margaux de Weck. Copyright © 2007 Miranda July, Abdruck mit freundlicher Genehmigung der Wylie Agency (UK) Limited.

Franz Kafka (1883, Prag – 1924, Kierling)
Kleine Fabel. Aus: *Das Kafka Lesebuch*. Copyright © 2008 by Diogenes Verlag, Zürich

Marie Luise Kaschnitz (1901, Karlsruhe – 1974, Rom)
Geschichte ohne Titel. Aus: Marie Luise Kaschnitz, *Ziemlich viel Mut in der Welt. Gedichte und Geschichten*. Zusammengestellt und mit einem Vorwort versehen von Elisabeth Borchers. Copyright © 2002 by Insel Verlag, Frankfurt am Main

A. L. Kennedy (*1965, Dundee/Schottland)
Geschichte ohne Titel. Aus dem Englischen von Margaux de Weck. Erstmals erschienen in *The Guardian* am 24.3.2007. Copyright © 2007 by A. L. Kennedy. Permission by Mohrbooks AG, Zürich

Heinrich von Kleist (1777, Frankfurt an der Oder – 1811, Kleiner Wannsee/Berlin)
Geschichte ohne Titel. Aus: Heinrich von Kleist, *Sämtliche Werke*. Deutscher Taschenbuchverlag, München, 2001

Wolfgang Koeppen (1906, Greifswald – 1996, München)
Der Apfel. Aus: Wolfgang Koeppen, *Auf dem Phantasieroß. Prosa aus dem Nachlaß.* Copyright © 2000 Suhrkamp Verlag, Frankfurt am Main

Alfred Komarek (*1965, Bad Aussee)
Originalbeiträge für diese Anthologie. Copyright © 2012 by Alfred Komarek/Diogenes Verlag

Karl Kraus (1874, Jičín/Böhmen – 1936, Wien)
Geschichte ohne Titel. Aus: Karl Kraus, *Schriften.* Suhrkamp Verlag, Frankfurt am Main, 1987

Tim Krohn (*1965, Wiedenbrück)
Originalbeiträge für diese Anthologie. Copyright © 2012 by Tim Krohn/Diogenes Verlag

Günter Kunert (*1929, Berlin)
Motiv, Einfall zu einer Geschichte und Geschichte ohne Titel. Aus: Günter Kunert, *Die Botschaft des Hotelzimmers an den Gast.* Herausgegeben von Hubert Witt. Copyright © 2004 by Carl Hanser Verlag, München

Reiner Kunze (*1933, Oelsnitz/Erzgebirge)
Sechsjähriger. Aus: Reiner Kunze, *Die wunderbaren Jahre.* Copyright © 1976 by S. Fischer Verlag GmbH, Frankfurt am Main

Hartmut Lange (*1937, Berlin)
Originalbeitrag für diese Anthologie. Copyright © 2012 by Hartmut Lange/Diogenes Verlag

Stanisław Jerzy Lec (1909, Lemberg – 1966, Warschau)
Von Blindgängern. Aus dem Polnischen von Karl Dedecius. Aus: Stanislaw Jerzy Lec, *Sämtliche unfrisierte Gedanken.* Herausgegeben von Karl Dede-

cius. Copyright © 2000 by Sanssouci im Carl Hanser Verlag, München

Gotthold Ephraim Lessing (1729, Kamenz/Sachsen – 1781, Braunschweig)
Der Geizige. Aus: Gotthold Ephraim Lessing, *Fabeln/Abhandlung über die Fabel.* Reclam Verlag, Stuttgart, 2004
Das Ross und der Stier. Aus: Gotthold Ephraim Lessing, *Lessings Werke in fünf Bänden. Band 5.* Volksverlag, Weimar, 1959

Georg Christoph Lichtenberg (1742, Ober-Ramstedt/Darmstadt – 1799, Göttingen)
Geschichten ohne Titel. Aus: Georg Christoph Lichtenberg, *Schriften und Briefe. Erster Band. Sudelbücher, Fragmente, Fabeln, Verse.* Herausgegeben von Franz H. Mautner. Insel Verlag, Frankfurt am Mein, 1983

David Lodge (*1935, London)
Geschichte ohne Titel. Aus dem Englischen von Margaux de Weck. Erstmals erschienen in *The Guardian* am 24.3.2007. Abdruck mit freundlicher Genehmigung von Curtis Brown, London, und Anouk Foerg Literary Agency, München

Loriot, eigtl. Vicco von Bülow (1923, Brandenburg/Havel – 2011, Ammerland/Starnberger See)
Letzte Meldung. Aus: Loriot, *Gesammelte Prosa.* Copyright © 2006 by Diogenes Verlag, Zürich

Petros Markaris (*1937, Istanbul)
Originalbeitrag für diese Anthologie. Copyright © 2012 by Petros Markaris

Yann Martel (*1963, Salamanca/Spanien)
Geschichte ohne Titel. Aus dem Englischen von Margaux de Weck. Erstmals erschienen in *The Guardian* am 24. März 2007. Copyright © 2007 by Yann Martel. Abdruck mit freundlicher Genehmigung der Liepman AG, Zürich

W. Somerset Maugham (1874, Paris – 1965, Saint-Jean-Cap-Ferrat bei Nizza)
Geschichten ohne Titel. Aus dem Englischen von Irene Muehlon. Aus: W. Somerset Maugham, *Aus dem Notizbuch eines Schriftstellers.* Copyright © by the Royal Literary Fund. Copyright © 2004 by Diogenes Verlag, Zürich

Anna Miller (*1985, Zürich)
Originalbeiträge für diese Anthologie. Copyright © 2012 by Anna Miller

Augusto Monterroso (1921, Honduras – 2003)
Der Dinosaurier. Aus: *Obras completas y otros cuentos.* Copyright © 2000 by Librerias Yenny
Der Blitz (Titel vom Herausgeber) und Geschichte ohne Titel. Aus dem Spanischen von Inke Schultze. Aus: Augusto Monterroso, *Das gesamte Werk und andere Fabeln.* Herausgegeben von Peter Schultze-Kraft. Copyright © 1973 by Diogenes Verlag, Zürich
Die verträumte Schabe und *Das unvollkommene Paradies.* Aus dem Spanischen von Svenja Becker. Aus: Augusto Monterroso, *Das schwarze Schaf und andere Fabeln.* Copyright © 2011 by Insel Verlag, Berlin

Sławomir Mrożek (*1930, Borzecin bei Krakau)
Heldentat eines Hundes und *Trauriger Vorfall*. Aus dem Polnischen von Karl Dedecius. Aus: *Bedenke, bevor du denkst. 2222 Aphorismen, Sentenzen und Gedankensplitter*. Herausgegeben von Karl Dedecius. Copyright © 1984 by Suhrkamp Verlag, Frankfurt am Main für die Übersetzung/Copyright © 1984 by Diogenes Verlag, Zürich
Die Fliege. Aus dem Polnischen von Christa Vogel. Geschichte ohne Titel. Originalbeitrag für diese Anthologie. Copyright © 2012 by Sławomir Mrożek/ Diogenes Verlag

Robert Musil (1880, Klagenfurt – 1942, Genf)
Geschichte ohne Titel. Aus: *Robert Musil Lesebuch*. Herausgegeben von Adolf Frisé. Rowohlt Verlag, Reinbek bei Hamburg, 1991

Hans Peter Niederhäuser (*1955)
Geschichte ohne Titel. Aus: Hans Peter Niederhäuser, *Nicht überall wildfremde Leute…* Edition Signathur, 2010. Copyright © 2010 by Hans Peter Niederhäuser

Ingrid Noll (*1935, Shanghai)
Originalbeiträge für diese Anthologie. Copyright © 2012 by Ingrid Noll/Diogenes Verlag

Connie Palmen (*1955, Sint Odiliënberg/Limburg)
Originalbeitrag für diese Anthologie. Aus dem Niederländischen von Hanni Ehlers. Copyright © 2012 by Connie Palmen/Diogenes Verlag

Dorothy Parker (1893, Long Branch/New Jersey –1967, New York)

Ein Telefonanruf. Aus dem Amerikanischen von Pieke Biermann und Ursula-Maria Mössner. Aus: Dorothy Parker, *New Yorker Geschichten.* Copyright © 2003 by Kein & Aber Verlag, Zürich – Berlin

Alfred Polgar (1873, Wien – 1955, Zürich)
Soziale Unordnung. Aus: Alfred Polgar, *Werkausgabe. Kleine Schriften (1) Musterung.* Copyright © 1982 by Rowohlt Verlag GmbH, Reinbek bei Hamburg

Gerhalt Polt (*1942, München)
Die Weltreise. Aus: Gerhard Polt, *Circus Maximus.* Copyright © 2002 by Verlag Kein & Aber AG, Zürich – Berlin

Christoph Poschenrieder (*1964, bei Boston)
Originalbeitrag für diese Anthologie. Copyright © 2012 by Christoph Poschenrieder/Diogenes Verlag

Guy Rewenig (*1947, Luxemburg)
Märchenkorrektur, Man wird bescheiden, Alles Liebe und *Nach dem Ende.* Abdruck aller Geschichten mit freundlicher Genehmigung des Autors. Copyright © Guy Rewenig

Dan Rhodes (*1972, Vereinigtes Königreich)
Museum. Aus dem Englischen von Claus Sprick. Aus: Dan Rhodes, *Anthropology.* Copyright © 2005 by Dan Rhodes. Published by arrangement with Canongate Books Ltd, Edinburgh. Copyright für die deutsche Übersetzung © 2011 by Diogenes Verlag, Zürich

Jack Ritchie (1922, Milwaukee/Wisconsin – 1983)
Epilog (Titel vom Herausgeber). Aus dem Amerikanischen von Anton Roth. Aus: *Diogenes Autorenalbum*, 1. Auflage 1996. Copyright © 1996 by Diogenes Verlag, Zürich. Abdruck mit freundlicher Genehmigung der Liepman AG, Zürich

Astrid Rosenfeld (*1977, Köln)
Originalbeiträge für diese Anthologie. Copyright © 2012 by Astrid Rosenfeld/Diogenes Verlag

Wolfdietrich Schnurre (1920, Frankfurt am Main – 1989, Kiel)
Die Macht der Winzigkeit, Verkehrsunfall, Ein starkes Stück und *Die Dauer des Glücks.* Aus: Wolfdietrich Schnurre, *Der Spatz in der Hand.* Copyright © 1971 by LangenMüller in der F. A. Herbig Verlagsbuchhandlung GmbH, München

Jean-Jacques Sempé (*1932, Bordeaux)
Alle Geschichten aus dem Französischen von Patrick Süskind. Aus: Sempé, *Verwandte Seelen.* Copyright © 1993 by Diogenes Verlag, Zürich

Clemens J. Setz (*1982, Graz)
Eine sehr kurze Geschichte. Aus: Clemens J. Setz, *Die Liebe zur Zeit des Mahlstädter Kindes.* Copyright © 2011 by Suhrkamp Verlag, Berlin

Jason Starr (*1966, Brooklyn/New York City)
Originalbeitrag für diese Anthologie. Aus dem Englischen von Margaux de Weck. Copyright © 2012 by Jason Starr/Diogenes Verlag

Jacques Sternberg (1923, Antwerpen – 2006, Paris)
Der Uranfang und *Annäherung*. Aus dem Französischen von Christel Gersch. Aus: Jacques Sternberg, *Histoires à dormir sans vous*. Copyright © 2000 by Éditions Denoël. Copyright für die deutsche Übersetzung © 2011 by Diogenes Verlag, Zürich
Die Entzweiung, Versteigert, Der Vertrag und *Ein Verlust*. Aus dem Französischen von Christel Gersch. Aus: Jacques Sternberg, *188 contes à regler*. Copyright © 1990 by Éditions Denoël, Paris. Copyright © für die deutsche Übersetzung: 2011 by Diogenes Verlag, Zürich

Anna Stothard (*1983, London)
Originalbeiträge für diese Anthologie. Copyright © 2012 by Anna Stothard/Diogenes Verlag

Graham Swift (*1949, London)
Geschichte ohne Titel. Aus dem Englischen von Margaux de Weck. Erstmals erschienen in *The Guardian* am 24.3.2007. Abdruck mit freundlicher Genehmigung der Agentur AP Watt, London

Roland Topor (1938, Paris – 1997, ebenda)
Alle Geschichten Copyright © Nicolas Topor. Abdruck mit freundlicher Genehmigung. Copyright für die deutsche Übersetzung © 2011, 2012 by Diogenes Verlag, Zürich

Kurt Tucholsky (1890, Berlin – 1935, Göteborg)
Erste Liebe und Geschichten ohne Titel. Aus: Kurt Tucholsky, *Sudelbuch*. Rowohlt Verlag, Reinbek bei Hamburg, 1993

Tomi Ungerer (*1931, Straßburg)

Herr Knolle Spross (Titel vom Herausgeber) und Geschichten ohne Titel. Aus dem Französischen von Anna Cramer-Klett. Aus: Tomi Ungerer, *Papa Schnapp und seine noch-nie-dagewesenen Geschichten.* Copyright © 1973 by Diogenes Verlag, Zürich

Aglaja Veteranyi (1962, Bukarest – 2002, Zürich)

Die Attraktion. Aus: Aglaja Veteranyi, *Vom geträumten Meer, den gemieteten Socken und Frau Butter.* Copyright © 2004 by Deutsche Verlags-Anstalt, München, in der Verlagsgruppe Random House GmbH

F. K. Waechter (1937, Danzig – 2005, Frankfurt am Main)

Meine Solonummer und *Die Abenteurer.* Aus: F. K. Waechter, *Sehr witzig! Szenen und Bilder.* Verlag Philipp Reclam jun., Stuttgart. © 2000 by F. K. Waechter

Der Spanner. Aus: F. K. Waechter, *Die letzten Dinge.* Copyright © 1992 by Verlag der Autoren, Frankfurt am Main

Martin Walker (*1947, Schottland)

Originalbeitrag für diese Anthologie. Aus dem Englischen von Micheal Windgassen. Copyright © 2012 by Martin Walker/Diogenes Verlag

Laura de Weck (*1981)

Originalbeitrag für diese Anthologie. Copyright © 2012 by Laura de Weck/Diogenes Verlag

Benedict Wells (*1984, München)
Originalbeitrag für diese Anthologie. Copyright ©
2012 by Benedict Wells/Diogenes Verlag
Urs Widmer (*1938, Basel)
Auszug aus: Urs Widmer, *Indianersommer*. Copy-
right © 1985 by Diogenes Verlag, Zürich
Ror Wolf (*1932, Saalfeld/Saale)
Geschichten ohne Titel. Aus: *Ror Wolf, Danke schön.
Nichts zu danken. Geschichten*. Copyright © 1995
by Schöffling & Co. Verlagsbuchhandlung GmbH,
Frankfurt am Main
Wolf Wondratschek (*1943, Rudolstadt)
Geschichte ohne Titel. Aus: Wolf Wondratschek,
Omnibus. Carl Hanser Verlag, München, 1972.
Copyright © Wolf Wondratschek
Der Hundertmarkschein. Aus: Wolf Wondratschek,
Früher begann der Tag mit einer Schusswunde. Carl
Hanser Verlag, München, 1979. © Wolf Wondratschek
Kurzgeschichte. Aus: Wolf Wondratschek, *Chuck's
Zimmer*. Deutscher Taschenbuch Verlag, München,
2007. Copyright © by Wolf Wondratschek

Register

Äsop 195
Jakob Arjouni 32, 44, 113
Max Aub 61
Michael Augustin 10

Jürgen Becker 112, 174,
180
Stefano Benni 202
Stefan Beuse 192
Peter Bichsel 66
Ambrose Bierce 34, 98,
152, 176
Wolfgang Borchert 118
Richard Brautigan 150
Bertolt Brecht 47, 170,
178, 182
A. S. Byatt 210

Ermanno Cavazzoni
122, 126
Anton Čechov 26, 96,
100, 104, 107, 175, 179
Raymond Chandler 155

Daniil Charms 60, 86,
131
Julio Cortázar 12, 134

Adam Davies 162
Lydia Davis 35, 161
Heimito von Doderer
135
Friedrich Dürrenmatt
187

Naja Einzmann 163
Péter Esterházy 14

Michel Faber 71
Félix Fénéon 120, 125
F. Scott Fitzgerald 57, 124
Ennio Flaiano 7, 55, 77,
181, 183, 198, 207
Richard Ford 108
Eduardo Galeano 15, 103
Joey Goebel 63, 212, 139,
160, 166

Witold Gombrowicz
132
Ramón Gómez de la
Serna 39

Dashiell Hammett 65
Peter Handke 172
Petra Hartlieb 17, 37
Lukas Hartmann 177, 201
Friedrich Hebbel 20, 48,
97, 109, 114, 145, 165
Johann Peter Hebel 164
Nikolaus Heidelbach
87, 89
Fritz von Herzmanovsky-
Orlando 185
E. T. A. Hoffmann 186
Franz Hohler 78, 121,
140, 206

Otto Jägersberg 56, 75,
101, 105, 110, 144, 153,
168
Miranda July 73

Franz Kafka 190
Marie Luise Kaschnitz
90
A. L. Kennedy 19

Heinrich von Kleist
70
Wolfgang Koeppen
54
Alfred Komarek 42, 68,
154
Karl Kraus 204
Tim Krohn 133, 149
Günter Kunert 40, 67,
138
Reiner Kunze 117

Hartmut Lange 106
Stanisław Jerzy Lec
85
Gotthold Ephraim
Lessing 99, 189
Georg Christoph
Lichtenberg 137, 193
David Lodge 8
Loriot 83

Petros Markaris 81
Yann Martel 209
W. Somerset Maugham
29, 115
Anna Miller 111, 159
Augusto Monterroso
51, 64, 141, 200

Sławomir Mrożek 119,
130, 194, 208
Robert Musil 79

Hans Peter Niederhäuser
127
Ingrid Noll 43, 53, 80

Connie Palmen 24
Dorothy Parker 74
Alfred Polgar 69
Gerhalt Polt 93
Christoph Poschenrieder
136

Guy Rewenig 50, 143,
197, 213
Dan Rhodes 16
Jack Ritchie 211
Astrid Rosenfeld 116,
147, 158

Wolfdietrich Schnurre
21, 151, 191, 196
Jean-Jacques Sempé 18,
25, 28, 72, 156, 171, 173
Clemens J. Setz 41

Jason Starr 157
Jacques Sternberg 11, 23,
36, 82, 148, 199
Anna Stothard 62, 84,
146, 188
Graham Swift 33

Roland Topor 13, 58,
76, 91, 95, 128, 167,
203
Kurt Tucholsky 22, 27,
92, 123, 169

Tomi Ungerer 38, 46,
49, 88

Aglaja Veteranyi 31

F. K. Waechter 30, 129,
184
Martin Walker 9
Laura de Weck 142
Benedict Wells 52
Urs Widmer 94
Ror Wolf 45, 214
Wolf Wondratschek
59, 102, 205

Kurz und bündig
Die schnellsten Geschichten der Welt
Eingefangen von Daniel Kampa

»Kürze ist die Schwester des Talents«, behauptete Anton Čechov und lieferte gleich selbst den Beweis. Er schrieb neben weltberühmten Kurzgeschichten auch Kürzestgeschichten, die weniger als fünf Zeilen umfassen. *Kurz und bündig* versammelt die schnellsten Geschichten der Welt, kleine Geschichten von großen Autoren wie Anton Čechov, F. Scott Fitzgerald, W. Somerset Maugham, Franz Kafka, Kurt Tucholsky, Friedrich Dürrenmatt, Loriot, John Irving, Ingrid Noll, Doris Dörrie, Jakob Arjouni und vielen anderen. Spannende, berührende, groteske, optimistische Geschichten ›in a nutshell‹, entweder nur einige Zeilen lang oder maximal in fünf Minuten zu lesen. Zum Abschalten zwischendurch, zum Lesen während einer kurzen Busfahrt, während des dreiminütigen Zähneputzens oder beim Warten auf das Fünfminutenei. So schnell haben Sie noch nie so tolle Geschichten gelesen!

Ein Buch für alle, die eigentlich keine Zeit zum Lesen haben, oder für alle, die noch nie ein Buch fertiggelesen haben, weil es einfach zu lang oder zu langweilig war. Das Buch mit garantiertem Erfolgserlebnis, denn wann haben Sie, Hand aufs Herz, zum letzten Mal ein Buch in weniger als einer Stunde fertiggelesen?

»Leser von Kurz- und Kürzest-Geschichten sind ganz besondere Leser. Sie verfügen selbst über Witz und Humor, und sie können diese unendlich wertvollen Gaben ebenso brillant in Szene setzen wie die Autoren, deren Texte sie ja weniger im herkömmlichen Sinne lesen als sich auf der Zunge zergehen lassen.«
Hannes-Josef Ortheil / Die Welt, Berlin

Ruckzuck
Die schnellsten Geschichten der Welt
Eingefangen von Daniel Kampa

»Die Vernunft verfolgt mich, aber ich bin schneller.«
Nach dem erfolgreichen Taschenbuch *Kurz und bündig* mit hundert schnellen Geschichten aus aller Welt folgt nun schnellstmöglich der zweite Band mit weiteren hundert Kürzestgeschichten. In einigen Zeilen oder maximal fünf Seiten erzählen Autoren wie Anton Čechov, Friedrich Dürrenmatt, Ernest Hemingway, Erich Kästner, Heinrich Böll, John Updike, Ingrid Noll, Philippe Djian, Doris Dörrie oder Anna Gavalda Liebes-, Ehebruch-, Detektiv-, Kriegs-, Tier- und Kindergeschichten, melancholisch, philosophisch, hinterhältig oder verrückt. In jedem Stil, zu jedem Thema… Hauptsache schnell.

»Lesenswert nicht nur für eilige Leser!«
Oberösterreichische Nachrichten, Linz